Le verger
de M. Drumlin

Le verger
de M. Drumlin

Keith Weaver

Traduit de l'anglais par Jean Forest

IGUANA

Iguana Books
720, rue Bathurst
Toronto, Ontario, Canada
M5S 2R4

Éditeur : Lee Parpart
Réviseur : Suzanne Aubin
Correcteur d'épreuves : Amanda Feeney
Image de couverture : Avec la permission de Shutterstock
Image de couverture : Verger par Liana Mikah via Unsplash.com
Design de la partie frontale : Daniella Postavsky

ISBN 978-1-77180-688-6 (papier)
ISBN 978-1-77180-687-9 (epub)

Ce livre est une édition imprimée originale de *Le verger de M. Drumlin*.

*Ce livre est dédié à la jeune personne
en chacun de nous*

Un

On était le 22 août.

Je devais faire attention. Si l'un de mes parents me voyait regarder le calendrier accroché au mur, à côté du vieux réfrigérateur, il se demanderait ce que je planifiais. Je ne voulais pas qu'ils se posent la question. Il m'a fallu un certain temps pour comprendre ce que disait le calendrier, mais j'y suis finalement arrivé. Je m'attendais à ce que le 31 août soit LA date importante. Comment je le savais, je n'en suis pas sûr, mais chose certaine, ce n'était plus que dans neuf jours. J'avais également compris que le 31 août tomberait un jeudi. Pas que ça puisse faire une différence.

Je trouverais toutes les informations dont j'avais besoin sur le tableau d'affichage au village. Je ne savais pas exactement quand elles apparaîtraient, et je savais, d'une manière ou d'une autre, que certaines années, elles disparaissaient puis réapparaissaient quelques jours plus tard.

Nous étions quatre dans notre famille : mon père, ma mère, moi et mon petit frère Charles. Mes parents étaient allés chercher Charles seulement six mois plus tôt à l'endroit où les mères et les pères récupéraient les nouveaux bébés. Ils étaient allés me chercher au même endroit un peu moins de huit ans plus tôt.

Notre famille était heureuse. J'étais heureux parce que mon père me souriait beaucoup, parce qu'il y avait toutes sortes d'oiseaux dans les arbres derrière notre maison et parce que j'avais mon joli vélo rouge.

J'avais deux amis au village, Henry et Billy. Nous trois étions meilleurs amis. Nous nous sommes bien amusés ensemble — la plupart du temps. Nous allions partout à vélo. Nous nagions dans la rivière. Parfois, nous pêchions. Avec d'autres enfants du village, on jouait à kick la cacanne. Nous organisions des courses à vélo dans l'ancienne sablière abandonnée, juste au nord du village. Même si nous étions amis depuis la première année scolaire et nous nous entendions plutôt bien, cela me mettait mal à l'aise parfois, qu'ils semblent vouloir faire des choses simplement parce que c'étaient des choses que leurs parents leur interdisaient de faire. Cela n'avait aucun sens pour moi. Chaque fois que je disais que je ne ferais pas ce qu'ils suggéraient, Henry et Billy me criaient des noms. Je n'aimais pas qu'on me traite de ces noms, alors quand ça arrivait, j'enfourchais simplement mon vélo et je fichais le camp. Je pense qu'ils étaient un peu surpris par ma réaction. Mon univers était plus grand que Henry et Billy. La plupart du temps, nous étions amis et nous riions et plaisantions beaucoup.

D'aussi loin que je me souvienne, il me semblait que j'avais de la chance, que ma famille avait de la chance et que, d'une certaine manière, les choses étaient spéciales pour nous. D'une part, il y avait l'emplacement de notre maison. Elle était située au sommet d'une colline. Derrière notre maison se trouvait un grand potager que ma mère entretenait, et derrière ce jardin se trouvait une corniche rocheuse. D'autre part, de là, je pouvais admirer le village et voir où vivaient Henry et Billy. C'était quelque chose de spécial, parce que je savais que depuis chez eux, ni l'un ni l'autre ne pouvait voir où j'habitais. Ce n'était pas que j'étais meilleur qu'Henry et Billy. Juste que j'étais chanceux.

De cet endroit, je pouvais aussi voir la grande colline arrondie où vivait M. Drumlin. Cette colline avait une très belle forme et elle était couverte d'herbe épaisse. Uniquement d'herbe. Enfin, sauf pour le verger. Au printemps, il y avait des fleurs bleues sur la majeure partie de la grande colline. En été, l'herbe paraissait très verte, lisse et fraîche, et les soirs d'été, un côté de la colline était ensoleillé tandis que l'autre commençait à disparaître dans l'ombre. Le soleil et l'ombre se déplaçaient à mesure que la nuit approchait et le côté ensoleillé changeait de teinte. Il passait du vert vif au vert plus foncé et puis du bleu rosé au violet, jusqu'à ce que toute la colline soit tout simplement sombre.

L'année de mon huitième anniversaire, je me suis beaucoup intéressé à notre potager et j'ai passé beaucoup de temps à regarder ma mère y travailler. Après avoir creusé une petite tranchée et y avoir semé des graines, ou percé des trous pour y mettre des graines individuelles, elle les recouvrait de terre, puis attachait les enveloppes des graines à de petits piquets en bois qu'elle plaçait aux extrémités des rangées pour indiquer où avaient été plantés les pois, les haricots, la laitue, les carottes, les oignons, les radis et les betteraves. Un peu plus tôt cette année-là, nous avions récolté beaucoup de rhubarbe dans notre jardin. Je suppose que ma mère m'avait vu en train de regarder le jardin et les rangées de légumes, les petites pousses vertes sortir du sol, puis de les voir se transformer en feuilles de formes très variées. C'est par une chaude journée de mai, alors que je tenais une brassée de rhubarbe fraîchement coupée, que je me suis rendu compte que ma mère me surveillait de près.

« Tu aimes le jardin?

— Oui, beaucoup.

— Pourquoi?

— Parce que tout cela a l'air si bon et parce qu'il y a tellement de bonnes odeurs dans le jardin, avant d'enfouir mon visage dans la brassée de rhubarbe. Et parce que... Je ne suis pas sûr... Parce que toutes ces bonnes choses semblent sortir de nulle part. »

Ma mère m'a regardé longuement.

« Comme c'est intéressant!

— Eh bien, c'est pas vrai? »

Je ne pensais pas en répondant cela, que ma mère me contredirait, mais qu'elle expliquerait quelque chose qui m'avait échappé.

« Oui. C'est le cas. En quelque sorte. Les graines de chaque légume différent ont un secret. Tout ce dont elles ont besoin, c'est de la terre et de l'eau. Une fois qu'elles ont les deux, elles savent quoi faire, et ensuite nous avons des légumes.

— Est-ce que les légumes savent que nous en prenons soin?

— Je ne sais pas. Peut-être.

— Est-ce que les légumes savent que nous allons les tuer et les manger? »

Ma mère m'a lancé un regard étrange.

« Je ne sais pas, dit-elle finalement en regardant longuement le jardin. Je ne sais pas exactement ce que savent les légumes.

— Est-ce que les légumes savent vraiment des choses?

— Oh, oui. J'en suis sûr. Mais je ne sais pas quoi. »

J'ai passé beaucoup de temps à réfléchir aux légumes cette année-là, à les regarder pousser dans le jardin et à me demander ce qu'ils savaient et comment je pourrais découvrir ce qu'ils savaient. À la fin de juin, il était clair que chaque rangée de légumes était différente des autres, et j'étais sûr que les légumes en savaient beaucoup, que si seulement ils pouvaient parler…

Le panneau d'affichage du village ressemblait à peu près à ce à quoi on pourrait s'attendre : un grand morceau de bois carré maintenu par deux poteaux enfoncés dans le sol. Il se tenait tout seul sur un petit carré d'herbe à côté de la pharmacie, sa surface recouverte de morceaux de papier de toutes tailles et couleurs. Chaque jour, je me rendais au village à vélo, observais les mêmes hommes qui pêchaient toujours sur le quai, disais bonjour à Henry et Billy si je les voyais et vérifiais le tableau d'affichage. Chaque jour, je cherchais mon affiche spéciale. Et jour après jour, elle n'était pas là. Puis, finalement, le 24 août, me tenant au bas du tableau d'affichage, j'ai vu une simple feuille de papier blanc avec un message écrit en lettres soignées. On y lisait :

31 août
M. Drumlin invite tous les enfants (et parents) à cueillir
fruits et légumes.
De midi à 16 heures.

Deux jours plus tard, le 26 août, l'avis avait disparu. Le lendemain, le 27 août, il était de nouveau là.

Je savais que je voulais y aller. Je savais aussi que si je le demandais à mon père, il me répondrait que je n'irais pas. Ce que je ne savais pas, par contre, c'est pourquoi il ne faisait pas confiance à M. Drumlin. Je lui ai demandé pourquoi, mais tout ce qu'il a répondu, c'est que M. Drumlin était un homme étrange. Je savais qu'il valait mieux ne pas discuter avec mon père. À mesure que le 31 août approchait, je suis devenu de plus en plus anxieux et inquiet.

Au fond de moi, je savais pourquoi je m'inquiétais.

C'était parce que j'étais sur le point de faire quelque chose que mon père n'aurait pas voulu que je fasse et que je n'allais pas lui en parler avant.

Deux

Il y avait de gros nuages duveteux dans le ciel le matin du 25 août. J'ai terminé mon déjeuner, puis j'ai dit à ma mère que j'allais explorer le champ de boutons-d'or. Eh bien, c'est comme ça que je l'appelais. Parce que c'était plein de boutons d'or. Puisque ma mère le connaissait comme étant le grand pré de la ferme abandonnée de M. Howell, elle m'a prévenu, comme elle le faisait toujours, de ne pas jouer dans la vieille grange. En fait, j'allais au champ de boutons-d'or, mais je n'allais pas l'explorer. J'y allais pour réfléchir.

Il y avait des milliers de boutons-d'or. Il y avait aussi quelques lézards et une couleuvre rayée, et même si ça me faisait toujours un peu frissonner lorsque je les apercevais, je savais que ce n'étaient que de petits animaux et qu'ils ne me feraient aucun mal. J'ai toujours espéré qu'ils savaient que moi non plus, je ne leur ferais pas de mal, surtout les petites couleuvres.

Mon plan n'était pas bien élaboré. Il s'agissait surtout d'essayer de répondre aux questions qui m'étaient venues à l'esprit.

Pourquoi M. Drumlin invitait-il les gens à venir prendre ses fruits et légumes?

Je ne savais pas.

En avait-il trop pour lui-même?

Probablement.

Voulait-il de la compagnie? Se sentait-il seul?

Je ne savais pas. Possiblement.

Pourquoi les gens ne semblaient-ils pas l'aimer, ou du moins pourquoi ne semblaient-ils pas lui faire confiance?

Là encore, je n'étais pas sûr. Était-ce parce qu'il était différent? J'ai essayé de penser à d'autres personnes qui étaient différentes. Il y avait Bobby Macdonald. Il fumait une pipe, sa bave coulait le long du tuyau et dégoulinait, et il parlait toujours de ses poules. Au lieu de ne pas lui faire confiance, les gens semblaient simplement penser que Bobby était étrange et inoffensif.

Alors, quelle était la différence?

Les questions me venaient plus facilement maintenant, et j'avais l'impression que, d'une manière ou d'une autre, j'étais en train de découvrir des secrets importants concernant le monde.

Il y avait une grande différence entre Bobby et M. Drumlin. On pouvait toujours apercevoir Bobby quelque part dans le village — à la poste, à la banque, devant le salon de coiffure — et il parlait tout le temps, des fois, même quand il n'y avait personne autour pour l'écouter. Il a commencé à me parler un jour. J'ai répondu « oui » et « non » plusieurs fois, puis je me suis éclipsé. Il ne semblait même pas avoir remarqué que je n'étais plus là. Il a tout bonnement continué à parler.

M. Drumlin, il était différent d'une manière différente.

Je ne me souvenais pas l'avoir vu souvent en ville, ou du moins pas aussi souvent que je me souvenais y avoir vu Bobby. M. Drumlin sortait parfois de la quincaillerie, généralement avec un petit sac rempli d'objets qui tintaient. Si quelqu'un le regardait, il ne disait rien, mais il touchait du doigt le vieux chapeau gris qu'il portait toujours. Il ne souriait pas, pas plus qu'il ne fronçait les sourcils.

Les gens avaient-ils avec lui cette attitude distante simplement parce qu'il n'était pas assez amical?

Et Sam, elle? Tout le monde disait que Sam était l'amie de M. Drumlin, mais ils prononçaient toujours le mot « amie » un peu bizarrement. Sam était une dame aux cheveux blancs qui vivait seule dans une petite maison non loin de l'ancienne gare. Je ne l'ai jamais vu moi-même, mais j'ai entendu des gens dire que tous les vendredis après-midi, M. Drumlin marchait jusque chez Sam et revenait avec elle chez lui. Plus tard, vers 22 h, il la raccompagnait chez elle.

En quoi, me demandais-je, était-ce différent de Jim Richards et de Mme Crosby, dont le mari était décédé? Ils se rencontraient presque tous les après-midis et s'assoyaient sur l'un des bancs du petit parc au bord de la rivière. Je me suis souvenu en y repensant, qu'eux parlaient à tous les passants.

Pourquoi est-ce important? me suis-je demandé. Il y a eu de nombreuses fois où j'ai eu envie d'être seul. Est-ce que cela me rendait étrange? Est-ce que cela signifiait que lorsque je serai grand, dans quatre ou cinq ans, les gens penseraient que je suis étrange, comme pour M. Drumlin?

Le jour où je me posais toutes ces questions, j'étais assis sur le tronc d'un arbre tombé. Des marguerites et des boutons-d'or s'agitaient dans la brise tout autour de moi. J'ai remarqué une petite couleuvre à moins d'un mètre, et j'ai supposé qu'elle n'avait pas été effrayée parce que j'étais tellement occupé à penser que je n'avais pas bougé depuis un moment. Elle semblait savoir que j'étais maintenant éveillé et s'éloigna dans l'herbe. Ma réflexion avait porté des fruits. J'ai compris plus tard que ce que je venais de faire, c'était « parvenir à une conclusion ». Je savais maintenant que je devais me renseigner par moi-même au sujet de M. Drumlin. Cela signifiait que j'allais devoir faire ce que je savais que mon père m'interdisait, mais ce que je devais faire était trop important.

J'étais parvenu à cette conclusion parce que je m'étais souvenu de quelque chose. De plusieurs choses. Je me suis souvenu avoir entendu des gens parler de Bobby quand il était plus jeune, lors d'un match de hockey à l'aréna. Il avait travaillé pour le chemin de fer, puis dans une usine de contreplaqué. Ses cheveux étaient devenus gris, puis presque blancs, et il avait trouvé un travail plus facile, aider M. MacIntyre à l'usine de moulée pour animaux. Il y avait travaillé pendant plusieurs années, puis avait arrêté pour devenir simplement Bobby qui s'asseyait chez le coiffeur, ou sur un baril d'huile dans le garage au milieu du village, ou sur le banc devant le bureau de poste ou sur le muret de pierre à côté de la marina. Bobby adorait parler, et c'est ce qu'il faisait.

Je me suis aussi souvenu que des gens parlaient de M. Drumlin. Un homme qui vivait dans le village depuis plus de 60 ans déclarait qu'il ne se souvenait pas que M. Drumlin n'ait jamais été différent. Un autre homme qui vivait au village depuis encore plus longtemps avait dit qu'il se souvenait de l'époque où M. Drumlin était arrivé et qu'il avait effectivement changé au fil des ans, mais pas beaucoup. On disait que personne ne savait grand-chose sur M. Drumlin. Il prononçait parfois un mot ou deux, pas plus, sur le temps, sur son verger et son jardin, mais jamais rien à propos de lui-même. Il n'était pas impoli, disait-on, mais il trouvait toujours un moyen d'éviter de répondre à toute question sur lui-même, sur sa maison ou sur ce qu'il faisait.

Je ne sais pas comment je savais cela, mais je savais que les gens parlaient beaucoup de M. Drumlin. Seul M. Wakelin prenait son parti.

« Vous ne devriez pas dire de choses pareilles à propos de M. Drumlin, disait M. Wakelin lorsqu'il entendait les rumeurs circuler.

— Eh bien, c'est vrai, lui répondait-on.

— Non, ce n'est pas vrai, répliquait M. Wakelin, et vous savez que ce n'est pas vrai. Vous n'aimez peut-être pas M. Drumlin, mais ce n'est pas une raison pour répandre des histoires à son sujet. »

En y réfléchissant, j'ai compris qu'il y avait là une information importante : personne ne connaissait vraiment M. Drumlin. Il était une personne très réservée, dont le passé restait inconnu, et pour qui, d'une manière ou d'une autre, bavarder n'était pas correct. À l'époque, je ne le *savais* pas, au sens où je pouvais l'exprimer avec autant de mots, mais d'une certaine façon, j'étais conscient que quelques habitants de notre village voulaient en savoir sur tous les autres habitants du village — qu'ils voulaient en savoir beaucoup. S'ils n'y parvenaient pas, ils devenaient méfiants et désagréables. Plusieurs années plus tard, j'ai pu examiner cela de plus près et mieux le comprendre.

Mais alors, si M. Drumlin était une personne si réservée, pourquoi voudrait-il que les gens viennent chez lui et se servent dans ses fruits et légumes? Je ne pouvais pas répondre à cela. Alors il me semblait encore plus important d'aller chez lui et d'essayer de le découvrir.

C'est à ce moment-là, dans le champ de boutons-d'or, que j'ai pris ma décision d'aller chez M. Drumlin le 31 août.

Trois

Comment?

Comment procéder pour réussir?

Ayant décidé de désobéir à mon père, il me fallait un plan.

J'avais besoin d'arriver au verger de M. Drumlin sans être aperçu, et aussi de savoir quoi faire ensuite.

J'ai commencé à planifier le 25 août, le lendemain de la publication de l'annonce de M. Drumlin sur le tableau d'affichage du village. Le même jour que celui de mes réflexions dans le champ de boutons-d'or. Je savais que je devais bien me préparer.

La plus grande évidence pour moi, c'était qu'après être allé chez M. Drumlin, j'allais devoir avouer le tout à mon père et à ma mère.

J'en ai pris de conscience à la lumière de constatations récentes. Je savais que certaines personnes de notre village, peut-être la plupart d'entre elles, n'aimaient pas M. Drumlin ou ne lui faisaient pas confiance, et qu'elles parlaient de lui dans son dos. Cela signifiait qu'elles parleraient aussi de ceux qui lui rendaient visite et à qui il parlait. Suivant ce raisonnement, si j'allais chez lui, ils parleraient probablement de *moi*. De là, il ne m'a pas fallu longtemps pour comprendre qu'une partie de ce qui se passerait au verger, y compris ma présence là-bas, viendrait aux oreilles de mon père.

Je savais que même si j'avais des ennuis pour avoir fait quelque chose que mon père m'avait interdit, j'aurais moins de problèmes si j'avouais mon geste que si j'attendais que mon père l'apprenne par quelqu'un d'autre.

Il y a trois autres choses qui sont ressorties de ma planification.

Premièrement, je savais que je devrais me rendre chez M. Drumlin par un long chemin. Cela signifiait remonter la route 12 à vélo, du mauvais côté de la rivière, tourner sur la route 8 et traverser le vieux pont étroit aux côtés en arche, connu depuis toujours sous le nom de « pont arc-en-ciel » qui permettait à la route 8 d'enjamber la rivière. Je devrais rouler jusqu'à la route principale 14 et tourner en direction sud, ce qui me mènerait au domicile de M. Drumlin par le nord. Évidemment, la ligne droite est le chemin le plus rapide, sauf que si je traversais le village à vélo sur la route 14 pour m'approcher de chez M. Drumlin par le sud, je croiserais au moins huit maisons si je passais par là, et je soupçonnais que certaines personnes passaient pas mal de temps assises à leurs fenêtres pour observer ce qui se déroule devant chez eux. Venir chez M. Drumlin depuis le nord signifiait que la seule maison devant laquelle il me faudrait passer était celle de M. Bailey, et je savais, pour avoir entendu mes parents en parler, qu'il passait la plupart de son temps à l'extrémité de sa propriété, dans une clairière au bord de la rivière, loin de la route 14.

Deuxièmement, je devais réfléchir au moment de mon déplacement et j'ai trouvé ma solution plutôt créative, et même un peu audacieuse : j'arriverais chez M. Drumlin bien avant midi et j'essayerais de partir avant midi, afin que quiconque venant chercher des fruits et légumes ne me voit pas sur place. M. Drumlin pourrait ne pas aimer ça, et il pourrait même me renvoyer sans fruits ni légumes. Ce serait décevant, mais c'était un risque que je pensais devoir prendre.

Troisièmement, je devais m'assurer que mon plan fonctionnerait. Cela signifiait que, bien avant le 31 août, je devais parcourir tout l'itinéraire le long de la route 12, la route 8 et la route 14, mais en continuant vers le village au lieu de tourner dans l'entrée de la maison de M. Drumlin.

Le 26 août était une belle journée ensoleillée, pas trop chaude, et vers neuf heures, selon l'horloge de notre cuisine, et environ une heure après le déjeuner, je suis parti à vélo. C'était excitant et effrayant à la fois, car je savais que je me préparais à faire quelque chose d'interdit. Pendant que je pédalais, j'avais l'impression qu'il y avait des yeux partout autour et que quelqu'un me suivait, ou m'espionnait, et peut-être même devinait mon plan, et le rapporterait à mes parents. J'avais les mains moites. J'étais nerveux. Mais j'ai essayé d'ignorer tout cela et j'ai continué. J'ai traversé le pont arc-en-ciel, remonté à vélo la longue pente douce jusqu'à la route 14, tourné à gauche, puis lentement, j'ai roulé en direction du village. En passant devant chez M. Drumlin, je me suis limité à un bref coup d'œil, suspectant que *eux*, les gens qui me surveillaient probablement, comprendraient ce que j'avais en tête si je passais trop de temps à scruter le verger. Après avoir finalement traversé le village et être arrivé à la maison, l'horloge de la cuisine indiquait dix heures vingt. J'ai estimé qu'il ne m'avait fallu qu'une quinzaine de minutes à vélo pour faire le trajet de l'allée de M. Drumlin jusque chez nous. Cela signifiait que le reste du voyage avait duré environ une heure.

J'avais maintenant l'information qu'il me fallait.

Le 31 août, je voulais quitter la maison de M. Drumlin au plus tard à onze heures, en espérant que personne d'autre n'arrive pour ramasser ses fruits et légumes avant midi. Je pensais qu'il me faudrait environ une heure chez M. Drumlin, donc je devais y arriver à dix heures, ce qui signifiait que je devais quitter la maison à neuf heures. Mon vélo avait deux grandes sacoches à l'arrière, et j'avais confiance qu'elles seraient assez grandes pour transporter les fruits et légumes que j'allais ramasser. Je montrerais ces fruits et légumes à mes parents au moment de ma confession.

Mon plan était en place. Je pensais avoir de bonnes raisons d'être fier de mes préparatifs. Je pouvais me détendre, mais je n'y arrivais pas.

Le 31 août était encore éloigné de cinq jours. J'avais peut-être testé mon plan trop tôt. J'aurais peut-être dû attendre encore quelques jours. Peut-être que ma planification n'était pas si bonne après tout. Peut-être…

Les jours s'éternisaient. J'aurais pu passer du temps avec Henry et Billy, mais j'avais peur de m'échapper. Ils auraient facilement pu me demander si j'allais chez M. Drumlin le 31 août, et je savais que je n'étais pas un bon menteur, malgré le mensonge soigneusement orchestré à l'intention de mes parents. Alors, par ennui et déterminé à protéger mon secret, je suis allé à l'ancienne ferme de M. Howell et je me suis assis dans la grange. C'était le 27 août. Bien que les animaux aient disparu depuis longtemps, la grange sentait encore légèrement le foin et le fumier. L'air était frais et une douce brise soufflait à travers les nombreuses ouvertures et aux endroits où il manquait des planches. *Qu'est-ce que je fais ici?* pensai-je, alternant entre inquiétude et dépression. Je ne suis pas censé être ici, et pourtant j'y suis. Étais-je en train de sombrer dans une vie de crime? Serais-je envoyé dans une école de réforme? Mes parents m'enverraient-ils chez mon horrible oncle Stewie, qui, j'en étais sûr, ne m'aimait pas?

Le temps a passé et j'ai été surpris par un lapin arrivé dans la grange en sautillant, qui m'a regardé pendant un long moment, puis a lentement sauté devant moi pour se faufiler à travers un trou dans l'une des vieilles mangeoires. Plus tard, j'ai retrouvé ma bonne humeur en entendant quelques hirondelles qui bavardaient sur le toit et dans les chevrons au-dessus de moi. Le vent m'a parlé. La vieille grange m'a parlé. J'ai cru les entendre me dire que tout irait bien, que je ne devais pas m'inquiéter. C'était exactement ce que je voulais entendre. En milieu d'après-midi, je me sentais beaucoup mieux.

Au cours des trois jours suivants, j'ai trouvé d'autres façons d'occuper mon temps. Le 28 août, j'ai pédalé jusqu'à Taylor's Creek, à l'endroit où ce ruisseau passe sous la route 12, assez loin passé l'intersection avec la route 8. Il y a de gros rochers plats à Taylor's Creek où l'on peut confortablement s'asseoir au soleil, regarder les poissons remonter lentement le courant, s'immobiliser par endroit ou dériver vers l'aval là où le ruisseau se jette dans le lac Crow. Les poissons étaient gracieux, l'eau faisait un léger gargouillis lorsqu'elle passait sur les rochers et la brise apportait parfois la senteur des arbres qui bordent le ruisseau.

Les 29 et 30 août, j'ai osé me rendre au village pour une dernière vérification rapide du tableau d'affichage afin de m'assurer que rien n'avait changé. Les deux fois, j'ai vu l'invitation et je suis rentré chez moi pour m'asseoir seul dans les champs près de notre maison. Cela faisait des jours que je n'avais pas parlé à mes amis, et un calme étrange m'envahissait alors que je me concentrais de plus en plus sur ce que j'allais faire.

Finalement, après ce qui semblait être des semaines, le 31 août arriva. Je me suis levé à sept heures, seulement un peu plus tôt que d'habitude, pas assez pour éveiller les soupçons de mes parents.

Pendant une heure, j'ai lavé mon vélo, puis j'ai huilé la chaîne et les essieux. Je ne voulais pas tomber en panne à mi-chemin! Quand j'ai eu mangé mon déjeuner — des rôties recouvertes de confiture — j'ai dit à ma mère que j'allais faire une longue balade à vélo pour observer les arbres. Elle était en train de préparer du pain. Elle a simplement hoché la tête et m'a souhaité de bien m'amuser. À neuf heures, selon l'horloge de notre cuisine, j'enfourchais mon vélo.

Mon aventure commençait.

Le voyage chez M. Drumlin s'est déroulé exactement comme je m'y attendais et j'ai souri intérieurement en voyant à quel point j'avais bien planifié et à quel point tout se passait comme prévu. Le pont arc-en-ciel semblait me souhaiter la bienvenue alors que je le traversais. La route 14 est bientôt apparue. J'ai tourné à gauche et j'ai roulé lentement vers le sud. Je pouvais apercevoir la maison de M. Drumlin devant moi.

Tout à coup, j'ai aussi vu autre chose. Il y avait des banderoles rouges tout le long de son allée et des rubans attachés à plusieurs arbres de son verger. Après avoir dépassé au moins cinquante de ces décorations, j'ai tourné dans l'allée de M. Drumlin.

En prenant ce virage, j'allais aussi rencontrer quelque chose de nouveau, de différent, d'inoubliable et qui changerait ma vie.

Quatre

Je parcours ma bibliothèque, une oasis personnelle, un endroit où je passe beaucoup de temps.

Mon père est décédé il y a 12 ans à l'âge de 92 ans. Ma mère est décédée l'année suivante à l'âge de 90 ans. Mon jeune frère Charles était décédé dans un étrange accident de voiture alors qu'il avait 18 ans. À la mort de ma mère, la belle maison où mes parents avaient vécu toute leur vie — la maison où j'ai grandi — a été léguée à mon fils et à ma fille, et ils l'ont largement utilisée comme lieu de refuge pour la fin de semaine et comme résidence d'été à long terme. La maison est autant aimée aujourd'hui que lorsque mes parents y vivaient, et j'aime penser qu'ils le savent.

L'année dernière, je suis retourné dans mon village pour la première fois depuis des années. Cette visite a eu lieu le 31 août, qui est aussi la date d'aujourd'hui. En fait, chaque année, le 31 août, je passe une bonne partie de la journée à réfléchir aux événements que j'ai déclenchés il y a toutes ces années. Cette visite m'a révélé des choses importantes. Elle m'a fait prendre conscience que mon lien avec mon village natal était encore étonnamment puissant. Cela a également ramené avec force la réalité de M. Drumlin dans ma vie d'enfance.

Mais je dois continuer mon histoire de garçon de huit ans.

Lorsque j'ai tourné dans l'allée de M. Drumlin ce jour-là, il y a si longtemps, et que j'ai vu les nombreux rubans, banderoles, drapeaux et autres décorations flotter dans la brise, j'ai eu le sentiment d'être le bienvenu. J'ai garé mon vélo à côté d'un grand baril qui recueille la pluie à l'un des coins de la maison de M. Drumlin, et soudain je n'étais plus certain de ce que je devais faire. Il y avait une porte d'entrée à la maison, mais on aurait dit qu'elle n'était utilisée que lors d'occasions spéciales. À l'arrière de la maison se trouvait une grande et solide annexe, un hangar très imposant avec une large porte trapue entrouverte. Elle avait de lourdes charnières en métal, un heurtoir brillant et une longue poignée en fonte.

Après avoir enfin trouvé le courage de m'approcher de la porte, j'ai soulevé le heurtoir avec hésitation et j'ai donné trois petits coups.

Presque instantanément, M. Drumlin est apparu. Son visage arborait une expression de légère surprise, mais s'est éclairé rapidement lorsqu'il m'a vu.

« Es-tu ici pour les fruits et légumes? demanda-t-il sur un ton que j'espérais être accueillant.

— Oui, dis-je après une longue pause. Je sais que je suis ici de bonne heure, et il y a une bonne raison à cela, et je veux vous expliquer, et je suis désolé si je…

— Je t'en prie, avait-il enchaîné rapidement. Il n'y a pas lieu d'être désolé. Entre! Entre! Ou… veux-tu d'abord visiter le verger et le jardin?

— Oui s'il vous plaît, » avais-je répondu.

Nous avons marché en direction du verger. M. Drumlin m'a expliqué qu'il y avait exactement 100 arbres, 70 pommiers et 30 poiriers. Je pouvais voir qu'ils étaient tous parfaitement formés et semblaient en excellente santé, même si je ne connaissais vraiment rien aux arbres fruitiers. Il y avait des fruits sur chacun des arbres. Les pommes étaient d'un rouge vif et les poires d'un joli vert jaunâtre. L'herbe entre les rangées d'arbres avait été coupée avec un soin scrupuleux et aucun fruit ne traînait au sol. J'ai pensé aux pommiers qui poussaient à chaque extrémité de notre jardin. Plusieurs de leurs branches étaient mortes, plusieurs fruits portaient des taches noires et il y avait toujours quelques pommes tombées autour de chaque arbre. Ma mère ramassait périodiquement ces pommes tombées, mais je ne me souvenais pas avoir jamais vu nos arbres aussi parfaits et si bien entretenus que l'étaient ceux de M. Drumlin.

Nous avons traversé plusieurs rangées d'arbres. M. Drumlin souriait légèrement.

« Ce sont là les pommes que vous offrirez aux gens qui viennent aujourd'hui?

— Non, pas celles-là. Je cueille quelques pommes chaque jour, quand elles sont mûres. Ces pommes sont dans le hangar. Je les donnerai aujourd'hui. Si quelqu'un se présente.

— Si quelqu'un se présente? Pourquoi les gens ne se présenteraient-ils pas? M. Drumlin haussa simplement les épaules. Eh bien, on verra. »

Quelque chose d'autre avait attiré mon attention, mais je n'ai pas compris pourquoi.

« C'est quoi, ces bosses sur les troncs d'arbres, près du sol?

— C'est là que je greffe de nouvelles tiges d'arbres. »

À l'évidence, mon expression indiquait que je n'avais aucune idée de ce dont il parlait.

« Tous les deux ans, je coupe les troncs de 10 arbres, c'est-à-dire une rangée, juste au-dessus de cette bosse, et ensuite je fends le morceau de tronc qui dépasse, j'y insère une petite pousse de pommier ou de poirier, je l'attache serré avec une corde, le couvre de quelque chose pour protéger les arbres contre les maladies, puis j'attends.

— Que se passe-t-il alors?

— La greffe de pomme ou de poire commence à grandir, et elle pousse très rapidement. En deux ou trois ans, elle produit des pommes ou des poires.

— Mais pourquoi faites-vous ça?

— Parce que les arbres se fatiguent en vieillissant. Ils produisent moins de fleurs et moins de fruits. Si je les laissais ainsi trop longtemps, ils tomberaient malades et finiraient par mourir. Je veux que mes arbres soient sains et productifs. En fait, je veux que tout ce que je fais pousser soit sain et productif. »

Nous avons contourné la maison de M. Drumlin et sommes entrés dans un immense potager. Il faisait au moins 10 fois la taille du jardin de ma mère et, comme le verger, il était parfaitement entretenu. Nous avons passé du temps à examiner certaines rangées de légumes et M. Drumlin m'a expliqué ce qu'il cultivait.

« Entrons maintenant, dit-il. Tu peux choisir ce que tu aimerais emporter chez toi. Et tu pourras me dire ce que tu voulais m'expliquer. »

Le hangar était beaucoup plus grand qu'il n'y paraissait de l'extérieur. Le long des murs, il y avait des rangées de bacs, chaque bac rempli de pommes, de poires ou d'un légume quelconque. L'air était chargé de l'odeur riche et douce des produits mûrs.

« Veux-tu boire quelque chose? J'ai du jus de pomme ou du jus de poire fraîchement préparé. »

J'ai demandé si je pouvais essayer chacun et M. Drumlin a placé deux verres sur une petite table au milieu du hangar. Je les ai essayés tous les deux. Je n'avais jamais goûté de jus aussi bon.

« Alors. Je suis curieux de savoir pourquoi tu es venu si tôt. »

Il y avait quelque chose que je ne comprenais pas. M. Drumlin était sympathique. Il souriait. Non seulement il n'avait pas hésité à me parler, mais c'était lui qui lançait la conversation.

Malgré toute ma planification minutieuse pour venir ici, je n'avais jamais pensé à ce que je dirais si on me demandait pourquoi j'étais arrivé si tôt. J'ai pensé inventer une excuse, mais en regardant le visage ouvert et amical de M. Drumlin, j'ai simplement dit la vérité. J'ai dit que j'avais été curieux et que je voulais voir son verger et le rencontrer. J'ai essayé de lui parler poliment des gens de notre village et comment me dérangeait leur manière de le traiter, lui. Je lui ai également avoué que mon père n'aurait jamais accepté que je vienne ici aujourd'hui, que mes parents ne savaient rien de mon plan et que j'aurais des ennuis une fois rentré à la maison, quand je leur dirais ce que j'avais fait.

Après avoir expliqué tout cela à M. Drumlin, qui s'est contenté de hocher la tête sur plusieurs points, j'ai commencé à me sentir mieux et j'ai passé un certain temps à promener mon regard plus attentivement autour dans le hangar.

Mes yeux s'étaient habitués à la faible clarté de l'intérieur, qui aurait été sombre, n'eût été l'étalage coloré des fruits et légumes tout autour. Ce hangar était un espace joyeux et accueillant.

Alors que je me tournais lentement pour tout regarder dans le hangar, j'ai remarqué une porte menant à la maison. Au-dessus de la porte se trouvait une sculpture en bois représentant une tête d'homme. Contrairement à tous les hommes que j'ai déjà vus, cette tête avait de longs cheveux verts légèrement bouclés, des cheveux qui ressemblaient à de l'herbe ou à des feuilles. La sculpture était large, mesurant 60 centimètres d'un bord à l'autre.

« Qui est-ce? demandai-je.

— Eh bien, en fait, c'est moi. J'ai fait pas mal de sculptures de moi-même, et je pense qu'elles sont plus belles lorsqu'elles sont vertes. Est-ce que tu l'aimes?

— Oui, ai-je dit, et plus je la regardais, plus je l'aimais. Le visage sourit. Vous souriez. »

Nous sommes restés debout un moment à regarder la sculpture et j'ai pris conscience que tous les deux, nous sourions.

M. Drumlin s'est tourné vers moi soudainement, comme pour rompre un sort.

« J'étais sur le point de récolter des carottes. Voudrais-tu m'aider?

— Oui, je le voudrais bien. »

Nous avons quitté le hangar et marché le long d'un sentier bien entretenu jusqu'au jardin, où M. Drumlin m'a conduit à une rangée de légumes qui avaient de jolies feuilles frisées. Il a pris une fourche accrochée sur un support et m'a fait signe de le suivre le long de la rangée de carottes. Il a enfoncé la fourche dans le sol, l'a repoussée légèrement, puis s'est penché pour arracher une poignée de carottes du sol qu'il venait d'ameublir.

« Vas-y, dit-il. Maintenant, sors quelques carottes. »

Elles sortaient facilement et le sol sentait riche et âcre. Les carottes étaient parfaitement formées et, même à travers la couche de terre les recouvrant, leur couleur orange vif et saine était visible. Nous avons travaillé côte à côte, arrachant davantage de carottes du sol. M. Drumlin les a brossées doucement et les a déposées dans une boîte en bois qu'il avait placée à côté de la rangée. Une fois la boîte remplie, nous l'avons rentrée à l'intérieur et avons laissé notre chargement de carottes dans le hangar. M. Drumlin a dit qu'il les nettoierait plus tard.

C'est à ce moment-là que j'ai parlé de quelque chose qui m'était venu à l'esprit pendant que nous déterrions les carottes.

« Je n'y ai jamais pensé auparavant, mais votre nom est inhabituel. *Drumlin*.

— Mon vrai nom n'est pas Drumlin. C'est Green.

— Mais pourquoi tout le monde vous appelle M. Drumlin?

— C'est probablement parce que la colline ici, où se trouvent ma maison, mon verger et mon jardin, est un drumlin. »

Il m'a ensuite expliqué ce qu'est un drumlin. Il a dit que cela ne le dérangeait pas d'être appelé M. Drumlin. Ce n'était qu'un nom. Et ça ne valait pas la peine d'essayer d'expliquer les choses et d'amener les gens à utiliser son vrai nom.

J'ai soudain pris conscience que pas mal de temps s'était écoulé, je me suis dirigé vers la porte du hangar et j'ai regardé à l'extérieur. Il n'y avait personne dehors.

« Il est maintenant presque midi trente, a déclaré M. Drumlin. Je soupçonne que personne d'autre ne viendra. Veux-tu prendre des fruits et légumes maintenant? »

J'avais vraiment envie de rester et de lui parler, mais je savais que si je n'étais pas bientôt à la maison, étant parti à neuf heures ce matin-là, mes parents commenceraient probablement à s'inquiéter.

Mes sacoches étaient pleines et bombées. J'ai dit merci à plusieurs reprises à M. Drumlin, puis je lui ai demandé si je pouvais revenir lui rendre visite un autre jour.

Son visage s'assombrit.

« Eh bien, en réalité, je n'invite les gens ici qu'à la fin du mois d'août. Et si tu crois que tu auras des ennuis à cause de cette visite, penses-tu que ce serait une bonne idée de revenir? »

Il avait raison, mais j'étais attristé. Il y avait des choses que je voulais savoir. Plusieurs choses concernant M. Drumlin, son jardin et son verger, particulièrement son verger, étaient différentes et que je voulais comprendre. Le verger était parfait. Et il avait expliqué qu'un dixième du verger étaient remplacé tous les deux ans. Ça voulait dire que le verger était complètement nouveau tous les 20 ans.

Le verger de M. Drumlin était immortel, éternel. Cette pensée me semblait étrange, fascinante et en quelque sorte rassurante.

Je suis rentré à la maison. J'ai raconté à mon père ce que j'avais fait. Il était très en colère. Il m'a posé de nombreuses questions sur M. Drumlin. J'ai répondu à toutes ses questions, et ce faisant, sa colère a semblé se dissiper quelque peu, mais il restait très mécontent de moi.

Il m'a regardé, d'une expression dure et froide.

« Je suis très déçu que tu aies fait quelque chose que tu savais interdit. »

Normalement, je n'aurais pas osé répondre, mais l'accueil amical de M. Drumlin, sa générosité et l'injustice de la situation, la méchanceté du village m'ont fait échapper ces mots.

« C'était important. Je devais le faire. »

À ma grande surprise, mon père a choisi de ne pas répondre. Il m'a jeté un autre long regard, puis a agité la main, comme s'il voulait chasser tout cet épisode.

Les fruits et légumes de mes paniers ont été placés dans notre garde-manger. Nous les avons tous mangés, mais rien n'a jamais été mentionné sur leur origine ou sur celui qui les avait fait pousser.

J'ai trouvé cela étrange et d'une certaine façon, pas correct — voire ingrat — mais je n'ai rien dit.

À plusieurs reprises au cours des semaines, des mois et des années qui ont suivi, j'ai regardé depuis la crête vers la colline de M. Drumlin. J'ai pensé à ma visite du 31 août et aux quelques heures que j'avais passées avec M. Drumlin. Ces images ne m'ont jamais quitté — les images de M. Drumlin, son visage étonnamment heureux et souriant, son intérêt pour moi, sa disponibilité à parler et expliquer. Je n'ai jamais oublié son beau potager, ni les bacs remplis de fruits et légumes éclatants et sains, ni le merveilleux mélange d'arômes dans le hangar.

Et puis il y avait les images de son verger exquis, de son verger éternel.

Cinq

Durant les années qui ont suivi mon départ de la maison pour étudier puis travailler, j'ai visité mes parents à plusieurs reprises. Plus tard, mes deux enfants, George et Kate, ont adoré rendre visite à leurs grands-parents, tout comme ma femme, Marianne. Mais à l'occasion du quatre-vingt-cinquième anniversaire de mon père, Marianne a proposé que je leur rende visite seul, pendant quelques jours. À cette époque, nos deux enfants avaient obtenu leur diplôme universitaire et travaillaient. Ils ont tous deux exprimé le souhait de voir leurs grands-parents, mais n'ont pas insisté lorsqu'il est devenu évident que je voulais passer du temps seul avec ma mère et mon père.

En fait, je suis arrivé pour cette visite le 31 août. C'était proche de l'anniversaire de mon père (le 4 septembre), mais il n'était pas pointilleux sur les dates exactes en ce qui concerne les anniversaires. Je n'avais pas prévu cette date; on pourrait appeler ça le fruit du hasard. Je suis arrivé tôt chez mes parents, avant huit heures, et nous avons déjeuné dehors, sur la table de pique-nique encadrée sur deux côtés par une haie indisciplinée de noisetiers. Après le repas, ma mère a récupéré les plats en disant qu'elle avait des choses à faire à l'intérieur. Mon père adorait marcher, et à cette occasion, nous avons marché jusqu'au champ de boutons-d'or, regardé les fleurs, vu plusieurs lapins et rencontré cinq couleuvres à collier. J'ai raconté à mon père que, lorsque j'étais enfant, j'aimais les couleuvres et que je pensais qu'elles portaient chance.

Nous avons parlé de beaucoup de choses, mon père et moi. Il était toujours intéressé de savoir comment se déroulait ma carrière. À cette époque, j'avais 58 ans, j'avais progressé aussi loin que je le souhaitais dans la société de consultants en ingénierie pour laquelle je travaillais, et mes défis étaient devenus une série d'efforts visant à aider les jeunes à se perfectionner professionnellement. Nous avons parlé de ce que faisaient mon père et ma mère. Ma mère avait repris le club de lecture du village et y avait insufflé une nouvelle vie. Mon père dirigeait maintenant les Toastmasters locaux et il était évident qu'il s'y plaisait beaucoup. Nous n'avons pas tellement parlé de l'avenir, sauf lorsqu'il a été question des petits-enfants, car mon père m'avait bien fait comprendre, de manière pragmatique, que lui et ma mère avaient accepté le fait qu'ils avaient un avenir limité. Ils prenaient chaque jour comme il se présentait, dit-il, traitant chacun comme un cadeau et faisant en sorte que chacun compte.

Notre visite s'était si bien déroulée jusque-là et je ne sais pas pourquoi j'ai décidé de le provoquer un peu.

À l'improviste, j'ai demandé à mon père s'il se souvenait de ma visite à M. Drumlin lorsque j'avais huit ans.

« Oui. Je m'en souviens, dit-il en souriant à ce souvenir.

— Vous étiez plutôt mécontent de moi, dis-je. Il m'a simplement regardé d'un air absent pendant un court moment.

— Je ne me souviens pas avoir été trop bouleversé. »

J'ai eu envie de le contredire, mais j'ai décidé de laisser tomber.

« Avez-vous rencontré M. Drumlin récemment? ai-je demandé.

— Non. Il n'est plus là.

— Oh! Est-il mort?

— Non. Il a déménagé.

— Vraiment? dis-je avec surprise. Je suis passé devant chez lui aujourd'hui, et sa maison a l'air entretenue et habitée, et le verger est toujours aussi impressionnant, du moins vu de la route.

— Un homme plus jeune y a emménagé. Je pense que ce pourrait être son fils. »

J'ai réfléchi un moment avant de poursuivre la conversation.

« Est-ce que les gens du village ont réussi à connaître M. Drumlin? Ne serait-ce qu'un peu?

— Je crois que non.

— Et vous? ai-je demandé, après une longue pause.

— Est-ce que tu m'accuses de quelque chose, fiston? m'a-t-il demandé d'un ton purement interrogatif, sans aucune intention se défendre ou de contre-attaquer.

— Non, pas du tout! »

Mon père était bien connu et avait de bonnes relations au sein du village, voire dans toute la région. Je m'étais souvent demandé ce qu'il pensait de M. Drumlin et comment le reste du village le traitait, ou du moins comment il me semblait qu'on l'avait traité. Peut-être que mon père avait ses opinions, mais ne les exprimait pas. Peut-être considérait-il que M. Drumlin avait simplement accepté cette relation distante avec les autres habitants du village. Ou peut-être avait-il une meilleure idée du pouls de l'endroit et estimait-il que ce n'était pas son rôle de changer qui que ce soit. Je savais que mon père était un homme réfléchi, moins enclin aux préjugés que la moyenne des gens, et généralement soucieux du bien-être de son entourage. J'étais plutôt intéressé lors de cette dernière visite de découvrir ce qu'il pensait.

Mais je n'ai pas poussé plus loin ma curiosité au sujet de M. Drumlin et du village. Ce fut la dernière fois que mon père et moi avons parlé de M. Drumlin.

Le temps a passé. Mes parents sont morts à moins d'un an d'intervalle. Dans les deux cas, heureusement, leur décès a été rapide, et il n'y a pas eu de périodes prolongées de souffrance. Les deux fois, la perte que j'ai ressentie a été aiguë et perdure.

À ce moment-là, mes quelques connaissances dans le village étaient des amis de mes parents. Mes propres amis et camarades de classe ainsi que d'autres personnes de mon âge avaient tous quitté le village, y compris Henry, ou étaient décédés, comme ce fut le cas pour Billy. Mon fils et ma fille, qui possédaient désormais la maison de mes parents et l'utilisaient beaucoup, avaient des liens bien plus forts que moi avec le village. Ça ne me dérangeait pas. Ma vie de village était désormais une page tournée, et Marianne et moi avions une vie très remplie et satisfaisante en ville.

Je dis que c'était une page tournée, et c'était vrai. Sauf pour une chose, bien sûr.

M. Drumlin.

Pour une raison quelconque, M. Drumlin ne semblait jamais être sorti de mes pensées.

Marianne et moi venions de rentrer d'un séjour de deux semaines en Nouvelle-Écosse, où nous avions choisi, encore une fois, Wolfville comme port d'attache. C'était notre quatrième visite de ce genre, et à Wolfville, nous commencions à nous sentir tellement chez nous que nous avions déjà décidé que notre prochaine visite là-bas durerait plus longtemps, probablement six semaines.

Nous sommes rentrés à la maison pour retrouver la routine quotidienne : les tâches récurrentes, les activités à poursuivre, les événements sociaux auxquels assister et une pile de courrier à ouvrir. Le courrier s'est avéré être le mélange habituel de factures, d'avis et de publicité, mais il y avait aussi une simple enveloppe blanche, adressée à moi, sans adresse de retour.

À l'intérieur, j'ai trouvé un avis :

30 août

M. Drumlin invite tous les enfants (et parents) à
collecter des fruits et légumes.
De midi à 16 heures

Je me suis demandé qui m'avait envoyé cette invitation.

Aussitôt, un flot de souvenirs m'est revenu : le baril pour recueillir la pluie, les décorations sur les arbres le long du chemin menant à la ferme, le vieux chapeau gris que M. Drumlin portait toujours et le mélange séduisant d'odeurs dans son hangar. Tous ces détails me sont revenus en tête avec une force qui m'a laissé abasourdi. J'ai pensé à l'ordre et à la propreté scrupuleuse de son potager, à sa méthode systématique de renouvellement des pommiers et des poiriers, et à l'herbe riche et épaisse qui s'étendait sur la colline sur laquelle se nichait sa propriété.

Et puis il y avait le verger, que je revoyais maintenant, aussi nettement que si j'y étais.

Les arbres taillés et entretenus avec amour.

Les pommes rouges, sans taches et si invitantes.

Le verger de M. Drumlin. Son verger éternel.

Au début, je n'étais pas certain de ce que je devais faire.

Devais-je laisser le souvenir tel qu'il était, complet et parfait? Ou devrais-je céder à la curiosité, me rendre dans mon village natal chez M. Drumlin juste pour… pour faire quoi? Pour voir quoi?

Bien sûr, ce ne serait plus M. Drumlin. Peut-être qu'un fils exploitait l'endroit. Peut-être que la propriété était passée en des mains étrangères à la famille.

J'ai dû rester assis pendant au moins une heure, cet avis devant moi, réfléchissant profondément. Finalement, j'ai décidé d'aller à mon village et revoir le verger de M. Drumlin. J'ai appelé mon fils, j'ai appris que ni lui ni ma fille n'utiliseraient la maison de mes parents cette semaine-là et je me suis arrangé pour récupérer une clé. Ces décisions prises, j'ai marqué la date sur mon calendrier, collé l'avis sur le tableau en liège derrière mon bureau et suis passé à la chose suivante sur mon agenda.

Mais tout au long de la journée et au cours des jours suivants, le verger de M. Drumlin occupait mes pensées. Le 30 août n'était que dans quelques jours et j'étais mystifié par l'emprise que cette date maintenait sur ma conscience. À mesure que le jour approchait, j'ai été étonné de me rendre compte que mon sentiment d'anticipation était celui d'un jeune garçon et que j'étais tout aussi excité que je l'avais été des décennies plus tôt lorsque j'avais rendu visite à M. Drumlin pour la première fois.

Je me suis rendu dans mon village le 29 août et si quelqu'un m'avait dit qu'un sourire s'était installé sur mon visage tout au long du voyage, je l'aurais cru. Je suis arrivé en milieu d'après-midi, j'ai acheté la nourriture dont j'aurais besoin pour les deux prochains jours, j'ai déverrouillé la maison de mon enfance et j'ai ouvert toutes les fenêtres pour l'aérer, puis je me suis mis à préparer un sandwich jambon laitue sur une épaisse tranche de pain de blé entier, des tomates en quartiers et des tranches de concombre sur le côté, ainsi qu'une salade de pommes de terre. Bien sûr, j'ai dîné sur la table de pique-nique et j'ai remarqué pour la première fois que mon fils ou ma fille avait taillé la haie de noisetiers de la même manière, à moitié soignée, que mon père avait toujours préférée, en conservant l'aspect d'une haie de noisetiers qui était libre de pousser à sa guise, mais en l'empêchant d'empiéter sur la table de pique-nique. Cela ressemblait exactement à ce dont je me souvenais.

Après avoir lavé la vaisselle, je me suis promené dans la bibliothèque de mon père. Les vieilles encyclopédies avaient été remplacées par une trentaine de livres pour enfants. Autrement, la disposition était restée celle de mon père. J'ai reconnu de nombreux livres qu'il aimait et qu'il avait relus plusieurs fois. On retrouvait partout dans cette maison l'amour de mes parents l'un pour l'autre, pour leur famille et pour leur vie. Même s'ils étaient partis depuis longtemps, mon propre amour pour eux me revenait nettement maintenant, comme une flamme douce, mais vive, qui brillait inépuisablement. Reprenant l'un des livres que mon père avait lus au moins dix fois, *Tristram Shandy*, je me suis installé dans le grand fauteuil de lecture. À vingt-deux heures trente, je me suis levé, j'ai apporté le livre au lit et j'ai lu encore une heure. J'ai été emporté dans le sommeil par un étrange sentiment de reconnexion et de perte.

Le lendemain matin, je me suis réveillé tôt et à sept heures trente, à l'extérieur, j'ai pris mon déjeuner composé de pain grillé, de confiture et de café. Vers huit heures quinze, après avoir eu la compagnie de nombreux oiseaux dans les arbres autour de moi, j'ai ramené l'assiette et la tasse à l'intérieur et je les ai lavées. J'avais apporté un vieux sac à provisions, grand et usé, pour emporter les fruits et légumes que je comptais récupérer dans le hangar de M. Drumlin. Cette fois, cependant, j'avais prévu d'insister pour payer ce que je choisirais. Alors que je me dirigeais vers ma voiture, ma curiosité quant à ce qui m'attendait chez M. Drumlin avait atteint une intensité inexplicablement puissante et c'est avec plus qu'un léger picotement d'anticipation que j'ai traversé le village.

De loin, la maison et la propriété de M. Drumlin n'étaient pas différentes de ce dont je me souvenais. Alors que je tournais dans son allée, j'ai été surpris de voir des drapeaux et des banderoles partout, très semblables à ce qu'il y avait eu autrefois, pour m'accueillir comme jeune garçon. Il n'y avait ni voiture ni vélo, mais il n'était encore que 10 heures et l'affiche indiquait midi à 16 heures. Je me suis (bien sûr) garé à côté du baril pour récupérer la pluie, j'ai marché jusqu'au hangar et j'ai actionné le heurtoir de la porte.

Lorsque la porte du hangar s'est ouverte, j'ai dû faire une drôle d'impression. Je restais là, sans voix, dans un état à la fois de choc et d'excitation.

« James! dit l'homme en souriant vivement. James Whitlock, n'est-ce pas? S'il te plaît! Entre! Entre! »

Le vieux chapeau gris, sans contredit, était le même, tout comme le visage.

C'était M. Drumlin et, pour autant que je pouvais le déceler, il n'avait pas vieilli d'un jour.

Six

« Entre, James ! » répéta-t-il longuement, agitant la main presque de manière impatiente. Il affichait son sourire engageant, apparemment aucunement perturbé par l'image de stupeur immobile que je devais renvoyer.

« Ou voudrais-tu d'abord visiter le verger ? »

J'ai réussi à dire que j'adorerais visiter le verger. Une minute après, nous marchions parmi la centaine d'arbres. La douceur de l'odeur des pommes mûres était irrésistible. Tous les arbres de la quatrième rangée étaient de jeunes arbres, indiquant qu'ils avaient été regreffés l'année dernière ou la précédente. Tous les arbres avaient cet air débordant de vie : les grosses pommes, fermes et rouges, disposées en groupes et leurs branches fléchissant sous le poids des fruits.

Le verger était resté parfait et éternel.

J'étais tellement subjugué par l'impression de similitude et absorbé par l'attrait de cet endroit que j'en oubliai mon étonnement quant à l'apparence inchangée de M. Drumlin. Il m'a parlé de son verger et de son jardin, et je l'ai suivi avec probablement même allure que je l'avais fait des décennies plus tôt.

Nous avons visité le jardin. Lui aussi était exactement pareil à celui dans mon souvenir. Sur le côté du jardin, près du mur est du hangar, il y avait une petite table solide et deux chaises. Sur la table se trouvaient deux verres et un pichet en faïence de deux litres.

« J'ai pensé que tu aimerais peut-être essayer un peu du cidre de cette année, dit M. Drumlin, invitant à l'accompagner vers la table. Je n'ai pas pu t'en proposer lors de ta dernière visite, bien sûr. Mais je trouve qu'il est particulièrement délicieux cette année. Il y a beaucoup trop de pommes à manger et même si je fais de la compote de pommes, du pain aux pommes, des tartes aux pommes, et que j'en congèle des dizaines, il y a encore trop de pommes. Le cidre est une bonne solution de rechange, il se conserve parfaitement si je le scelle bien, et en hiver, il me rappelle tellement l'été. »

Nous nous sommes assis à la table et M. Drumlin nous versa du cidre.

J'avais encore très peu dit, mais cela ne semblait pas du tout déranger mon hôte. Il a continué à parler comme si j'étais un vieil ami.

Nous avons bu le contenu de nos verres.

Le cidre était savoureux, l'essence de pomme capturée dans chaque goutte, et quelque chose d'autre aussi — une impression presque aussi intemporelle que le verger de M. Drumlin. Cerner ce sentiment n'était pas facile. Il y avait un soupçon insaisissable de saveurs et d'arômes de fruit, de leur saisonnalité nécessairement éphémère. Mais il y avait autre chose, de subtil et de persistant. Un sentiment de récurrence à une échelle qui impliquait une permanence. L'habitude, le rituel, une sorte d'activité et de fonction sociale qui revenaient année après année, siècle après siècle, étaient tous liés à ce sentiment d'une présence éternelle à l'œuvre dans le monde.

Le soleil du matin brillait sur nous. Une légère brume bleue accentuait le volume d'air devant moi alors que je regardais le jardin penchant doucement en direction de la rivière. La richesse du temps des vendanges était partout. De l'herbe succulente brillait sur la colline de M. Drumlin. Les hirondelles plongeaient et virevoltaient dans les airs. Des milliers de sauterelles stridulaient et grinçaient dans l'herbe autour de nous. Le ciel était d'un azur insondable parfait, une essence de lapis-lazuli éthéré, comme un dôme de Sixtine, bien au-delà de la portée créative d'un artiste mondain.

Les pieds bien sur terre, mais en même temps exalté, exultant, je me suis laissé volontiers prendre par l'instant. M. Drumlin nous a servi un autre verre. Nous avons parlé et j'étais content qu'il m'ait tiré de mon silence, ou que le cidre l'ait fait, ou que la journée l'ait fait. Nous avons parlé de son jardin, et il m'a dit avec un sourire irrépressible combien il aimait les transformations : retourner le sol à l'automne, le briser à nouveau et planter au printemps, désherber, vérifier la présence de parasites, tailler une partie des pousses pour trouver le juste équilibre entre l'abondance et la qualité de la culture, récolter, et tout ce temps, observer la croissance, le développement, la maturation. Et oui, la mort.

« Mais votre verger! commençai-je. Votre verger m'a toujours impressionné, depuis le moment où j'ai roulé à vélo jusqu'au bout de votre allée et l'observer de plus près. Il change aussi au fil des saisons, mais en même temps, il reste intemporel. »

Nous avons tous les deux regardé le verger, rêvant, sous le soleil d'une matinée dorée de la fin août.

« Depuis combien de temps travaillez-vous sur vos terres ici? ai-je demandé, enchaînant avec une série de questions que je n'étais plus certain de vouloir poser, maintenant que j'avais posé la première.

— Oh! Très longtemps! » a répondu M. Drumlin.

Nous avons bu encore.

« Je suppose que tu sais que je ne suis pas ordinaire », dit-il d'une manière amicale, familière, factuelle.

La déclaration de M. Drumlin m'a ébranlé, par son caractère inattendu et difficile à interpréter, mais en même temps éveillant le sentiment de quelque chose à la fois familier et inconnu, *quelque chose à la fois déjà vu, mais sans l'avoir été*[1].

« Ce que je veux dire, c'est que les gens du village ne me comprennent pas, mais je ne me sens pas obligé d'essayer de m'expliquer avec eux. »

J'ai regardé directement M. Drumlin.

« Je ne suis pas sûr de vous comprendre non plus, M. Drumlin. »

Il sourit, un sourire d'un immense charme, et agita la main, comme s'il considérait mon incertitude comme une bagatelle momentanée, quelque chose qui deviendrait bientôt clair.

« Si tu y réfléchis, James, je suis sûr que tout deviendra évident. Mais maintenant, un autre verre de cidre est de mise, il me semble. C'est une matinée tellement parfaite », et il versa une fois de plus du cidre dans nos verres.

J'ai siroté la boisson comme dans un rêve.

« Allons choisir tes fruits et légumes maintenant, James. Nous ne devrions probablement pas boire

---

1 (NdT) *En français dans le texte original*

davantage puisque tu conduis. Remarque que j'ai un penchant naturel pour dire "tant pis" et saisir le moment présent. »

Nous nous sommes levés pour nous diriger vers le hangar. Les mêmes arômes, ce même mélange enivrant de fruits et de légumes qui avaient laissé une marque indélébile dans ma jeune mémoire, m'enveloppaient à nouveau dès notre entrée. Les bacs correspondaient à mes souvenirs, débordant de l'abondance de la terre. J'ai sorti le sac à provisions de ma poche arrière.

« Ce ne sera sûrement pas assez grand, commenta M. Drumlin avec surprise, regardant ce qu'il considérait manifestement comme un petit sac pour dépanner. Voici », dit-il en tendant la main derrière lui pour prendre sur un crochet au mur un immense sac en coton.

Il a ignoré mes objections. J'ai choisi dans les bacs autant de fruits et de légumes que je le jugeais raisonnable, même si c'était un peu excessif, mais M. Drumlin en a récupéré au moins autant dans les bacs, remplissant les deux sacs à ras bord.

« C'est l'abondance de la nature, dit-il. Prends! Mange! »

J'ai eu du mal à déplacer les sacs à un endroit près de la porte et j'étais sur le point de signifier qu'il était temps de partir, lorsque M. Drumlin m'a devancé.

« Encore un petit cidre pour la route? »

Nous sommes retournés à la table à côté du jardin de M. Drumlin, où il nous a versé chacun environ un quart de tasse du délicieux liquide doré. Comme deux compagnons, nous avons bu lentement. Je voulais que ce moment dure éternellement : contempler le jardin, savourer cette merveilleuse journée et m'imprégner de la solidité insubstantielle de l'air brumeux et bleu.

J'ai été hypnotisé par ce verger éternel pendant la majeure partie de ma vie et je voulais continuer à rester hypnotisé, mais finalement, nos verres vidés et notre conversation ayant atteint sa fin naturelle, le moment était venu de partir.

À contrecœur, je suis retourné près du hangar pour récupérer mon butin. Tandis que M. Drumlin m'aidait à charger l'énorme quantité de fruits et de légumes dans ma voiture, je me suis tourné vers lui.

« Merci beaucoup. Cela signifie beaucoup pour moi. Merci.

— Je t'en prie, James. »

Nous nous sommes serré la main. Comme je m'y attendais, la sienne était durcie par tant de travail physique à l'extérieur.

« J'ai hâte de vous revoir, monsieur Drumlin.

— Mmmm… » Il a hoché la tête d'une manière difficile à interpréter.

Puis je suis retourné à la maison de mes parents.

Il était encore tôt dans la journée, pas encore treize heures, et j'ai décidé de retourner en ville plutôt que de passer une autre nuit au village. J'ai emballé mes affaires, vérifié que j'avais tout laissé tel que je l'avais trouvé, prêt pour la famille de mon fils qui devait arriver dans deux jours pour un séjour d'une semaine.

Après avoir fermé à clé, je me suis dirigé vers ma voiture. J'étais sur le point d'y monter lorsque j'ai remarqué le grand sac en tissu de M. Drumlin sur le siège arrière, plein à craquer de produits. Revenant à la maison, j'ai récupéré cinq sacs plus petits et les ai remplis du contenu du sac de M. Drumlin, versant dans le cinquième sac le contenu restant plutôt que de le transférer un article à la fois. Je retournerais chez M. Drumlin et lui rendrais son sac en le remerciant. Inconsciemment, il y avait sans doute l'envie de jeter un dernier long regard sur son verger.

Lorsque j'ai tourné dans l'allée de M. Drumlin, ce que j'ai découvert n'était pas ce à quoi je m'attendais.

Les drapeaux et les banderoles n'y étaient plus.

Plus loin, la petite table et les chaises où nous avions bu notre cidre avaient disparu.

La porte du hangar était fermée. J'ai essayé le loquet. La porte n'était pas verrouillée. Je l'ouvris et j'entrai.

Tous les bacs le long des murs étaient vides. L'air à l'intérieur sentait le hangar. Il n'y avait aucune trace des riches arômes de récolte qui m'avaient enveloppé ici moins de deux heures plus tôt.

Un sentiment d'abandon planait sur les lieux, comme s'ils avaient été désertés.

Alors que je me tenais là, j'ai pris conscience d'une grande tristesse en moi, un sentiment de perte qui menaçait de balayer la plénitude et la connexion que j'avais partagée avec M. Drumlin ce matin-là. Je n'y pouvais rien. J'ai fermé doucement la porte du hangar, je suis retourné à ma voiture et je suis rentré en ville.

Ce fut un trajet lugubre.

Marianne était absente. Une note m'indiquait qu'elle assistait à une réunion de planification pour la société horticole locale. J'ai mis les sacs de produits au sous-sol où il faisait plus frais. M'en occuper ferait partie des tâches de l'après-midi. En plaçant les sacs sur mon établi, je m'arrêtai lorsque l'un d'eux a fait un léger bruit en se déposant. Probablement simplement un outil dérangé en posant le sac, ai-je pensé, mais en regardant à l'intérieur du sac, j'ai constaté que ce n'était pas le cas.

Au fond du sac, un petit visage me souriait. Il mesurait une quinzaine de centimètres de diamètre et était de couleur vert pâle.

Je me suis rappelé la sculpture sur le mur du hangar de M. Drumlin, représentant un visage similaire, mais beaucoup plus grand.

L'image de M. Drumlin me vint soudain à l'esprit. Il n'avait vraiment pas changé depuis que je l'avais vu, enfant.

Il avait le même âge. Lors de ma visite, j'avais simplement accepté cela comme un fait. Maintenant, je me demandais pourquoi je n'avais pas compris à quel point c'était étrange et impossible.

Je me suis souvenu aussi de la sensation de sa main alors qu'il l'avait tendue pour serrer la mienne au moment où je prenais congé.

Sa peau était rugueuse, la peau durcie d'un ouvrier. Mais il y avait autre chose.

Sa main donnait la sensation d'être fissurée.

Exactement comme l'écorce d'un arbre.

Sept

Je lis beaucoup par plaisir. À la fois de la fiction et de la non-fiction. C'est bon pour la détente, mais aussi pour la culture générale.

Et puis il y a les connaissances spécifiques. Certaines d'elles proviennent de mon travail. Pendant la grande majorité de ma vie professionnelle, je concevais et testais des modèles informatiques. Une des leçons que l'on apprend dans ce domaine, et ce peut en être une dure, c'est qu'un modèle, aussi bon soit-il, n'est pas la réalité.

Les meilleurs concepteurs de modèles que je connais ont tendance à être platoniciens, ce qui signifie qu'ils adoptent la position philosophiquement impopulaire de croire que ce qu'ils essayent de modéliser existe « quelque part » et de façon en-soi parfaite. Cette approche, et notamment le concept de « vraie valeur », une valeur sans erreur, en fait sursauter certains avec indignation, mais il n'y a vraiment rien de controversé là-dedans. De nombreuses publications ont paru sur les différents aspects de cette approche qui a été appliquée dans des analyses assez complexes et qui a démontré son efficacité. Comme le veut le dicton, c'est aux fruits que l'on juge l'arbre.

À certains moments de ma vie, indépendamment de mon travail, des situations se sont présentées où j'ai été forcé de faire face à la possibilité qu'aucune des explications proposées n'ait de sens par rapport à ce que j'observais. Dans certains cas, je n'en savais tout simplement pas assez, faute d'information cruciale. Dans d'autres cas, cependant, j'ai dû envisager la possibilité que les concepts et les modèles à ma disposition soient tout simplement trop faibles ou incomplets pour que je puisse cerner la partie de la réalité présentée que je peinais à comprendre.

Je me sentais coincé dans cette situation par mes expériences vécues avec M. Drumlin. J'avais quelques éléments à vérifier. Le premier a occupé le reste de l'après-midi : je me suis lancé sur plusieurs pistes de recherche en ligne et dans les bibliothèques. Environ 80 pages imprimées, que j'ai consultées après le souper. Le lendemain, j'avais prévu retourner à mon village pour parler avec le plus vieil homme du village, Archie Caroll. Au préalable, j'avais contacté une des connaissances de mon fils au village qui m'a confirmé, en riant, qu'Archie n'avait pas d'adresse courriel, mais il m'a promis de passer chez Archie pour lui demander s'il me recevrait. Une heure plus tard, il m'informait que j'étais attendu chez Archie.

Je me suis rendu au village et j'ai trouvé Archie dans son modeste, mais très confortable bungalow. Ses yeux bleu clair et brillants et son incroyable vivacité semblaient incompatibles avec ses 97 ans. M'ouvrant sa porte, il m'a fait signe d'entrer et il s'est immédiatement dirigé vers sa cuisine en m'offrant par-dessus son épaule du café et des biscuits. Cinq minutes plus tard, nous étions installés dans son salon bien éclairé, en face d'un café vraiment excellent, une assiette à portée de main avec ce qui ressemblait à des sablés faits maison et des biscuits au beurre d'arachides.

« Je connaissais ton père, commença Archie, avant que j'aie eu le temps de marmonner autre chose que "Bonjour!" et "Merci". Un homme très gentil, poursuivit-il. Nous aimions tous les deux aller marcher. Et j'ai assisté aux rencontres Toastmasters pendant quelques années. Je ne parlais pas, bien sûr, je suis un orateur minable. Maladie incurable. »

Nous avons siroté notre café, et en réponse au geste d'Archie, j'ai pris un morceau de sablé.

« Que puis-je faire pour toi, James? »

J'ai donné à Archie une version allégée de mon intérêt pour M. Drumlin.

« Drumlin, hein? Un type curieux. Un homme de peu de mots. Presque jamais rien à dire. Pas du tout désagréable, cependant. Je ne comprenais pas pourquoi les gens le traitaient si méchamment. Si un homme veut être laissé seul, alors laissez-le tranquille. N'essayez pas de le psychanalyser. Mais il y avait, il y a, des bougres très étranges ici. Ce n'est pas quelque chose dans l'eau, nous l'avons fait tester. (Rires.)   J'ai mis cela sur le compte du fait que le village n'a pas de bibliothèque. [2]

— Que lui est-il arrivé? lui ai-je demandé.

— Je ne sais pas. Un jour, il a simplement disparu. Pas très longtemps après la mort de Sam Davies. Elle vivait près de l'ancienne gare. Lui et Sam se voyaient régulièrement.

— Est-il jamais revenu?

— Non. Pas à ma connaissance, du moins. Il y avait un jeune homme qui vivait chez lui pendant des années après son départ, mais je n'ai jamais pu lui parler. Peut-être son fils? Ou un neveu?

— C'était il y a combien de temps?

— Oh! Il y a des années. De nombreuses années.

— Et le jeune homme. Il est resté longtemps?

— Quoi? Oh! Toujours là, pour autant que je sache.

— Tu connaissais Sam?

---

2 *Allusion au dicton « Un village sans bibliothèque est un village sans âme. »*

— Oh, oui. Je la connaissais assez bien.

— A-t-elle déjà dit quelque chose à propos de M. Drumlin?

— Non. Jamais. Rien.

— Quand avez-vous vu le jeune homme pour la dernière fois?

— Oh! Eh bien, c'était il y a juste quelques jours. Durant ma promenade quotidienne, je l'ai vu sortir de la quincaillerie. Je lui ai envoyé la main, il m'a fait signe. Ce fut à peu près tout.

— Comme tu le sais, Archie, ai-je commencé, j'ai grandi ici, et je n'arrive pas à me souvenir d'un temps où M. Drumlin n'était pas là.

— Même chose pour la majorité d'entre nous, même si je dois admettre que la plupart ne lui ont jamais prêté la moindre attention. D'étranges villageois sans allure, comme je l'ai dit.

— Vous souvenez-vous d'une époque où M. Drumlin n'était pas là? » En posant cette question, je m'aventurais.

Archie a porté sa main à son menton et réfléchit un moment.

« Non. Je ne saurais le dire. Et c'est étrange, maintenant que j'y pense.

— Il n'a jamais semblé vieillir, ai-je ajouté à la fois comme une question et une affirmation.

— Non, pas vraiment. Mais certaines personnes sont comme ça. »

Nous avons continué à parler du village, de la façon dont il avait changé et continuait de changer, de certaines des personnes qu'Archie et mon père avaient eues comme amis communs.

Archie nous a versé encore du café et m'a posé des questions sur Marianne. Finalement, la conversation s'est essoufflée et je me suis levé, me préparant à partir. Archie a semblé soudainement acquérir un second souffle et a commencé à me poser plus de questions, à parler de la météo et de la bonne saison de croissance cette année-là. J'ai profité d'une brève pause pendant la conversation pour glisser :

« M. Drumlin avait un très grand jardin et un joli verger. A-t-il déjà vendu ses produits dans le village ? Savez-vous ?

— Non. Je n'en suis pas sûr, mais je ne me souviens pas qu'il n'ait jamais tenu un comptoir l'été, au petit marché. J'aurais acheté ses produits. Il suffisait de passer devant chez lui en voiture ou à pied pour comprendre qu'il était né avec le pouce vert, selon moi.

— Savez-vous où il trouvait son argent ?

— James, tu ne devrais pas poser cette question. Laisse ça aux vieilles commères fouineuses du village. »

J'ai remercié Archie, nous nous sommes serré la main et je suis parti.

J'ai beaucoup réfléchi sur le chemin du retour en ville. Je n'avais rien prouvé ou infirmé, mais le nombre de réponses possibles à la question principale dans mon esprit avait été réduit.

Je me souvenais maintenant du commentaire direct de M. Drumlin : « Je suppose que tu sais que je ne suis pas ordinaire. » Il prenait un nouveau sens. Je me suis mis à voir la situation sous un autre angle et j'étais maintenant convaincu qu'il y avait là une énigme. Je voulais aller au fond de ce sentiment.

Deux jours plus tard, la connaissance de mon fils au village m'a recontacté.

Il voulait me faire savoir qu'Archie Caroll était mort dans son sommeil.

Huit

Le lendemain de ma visite chez Archie, je me suis assis à mon bureau.

C'était une semaine après ma visite chez M. Drumlin. La pièce en argile d'un visage d'homme était devant moi. Des cheveux ou peut-être des vrilles de feuilles dépassaient généreusement de l'image presque partout, et tout cela avec une légère teinte de vert. Je l'avais sortie du cinquième sac dans lequel j'avais placé les derniers fruits et légumes du grand sac de M. Drumlin, et je l'avais apportée à l'étage. Je l'ai contemplée longuement.

Cela m'a pris un moment, mais j'ai finalement trouvé quelqu'un à l'université qui semblait avoir une expertise sur le sujet. L'image paraissait vaguement médiévale et il était clair que j'avais besoin de l'aide d'un spécialiste. Environ une heure passée au téléphone m'a conduit à la faculté d'études médiévales de l'université. J'ai rapidement pris un rendez-vous avec le professeur recommandé. À l'heure convenue, je me suis présenté à son bureau et j'ai frappé à la porte en verre dépoli.

Marion Andrews était une femme grande et mince, probablement dans la quarantaine. Elle semblait pleine d'une sorte d'énergie qui ne demande qu'à être libérée. J'avais réfléchi à l'approche que je devais adopter : lui présenter quelque chose qui semble improbable, mystérieux ou tout simplement inexplicable pouvait me ramener assez rapidement à la rue. La meilleure façon semblait la plus simple.

Elle m'a indiqué un siège dans son petit bureau. Nous avons discuté quelques minutes avant de nous mettre au travail.

En plaçant la figurine en terre cuite sur la table entre nous, j'ai posé ma question : « Pouvez-vous me dire quel est cet objet ? »

Elle a regardé l'objet attentivement et avec une certaine surprise, je dirais. Après avoir demandé et obtenu la permission de toucher la sculpture, elle l'a prise pour la tourner et observer son dos. Elle l'a tapotée légèrement avec un ongle, apparemment perdue dans ses pensées pendant un moment avant de retrouver la parole.

« Où avez-vous obtenu cet objet ?

— On me l'a donné, répondis-je.

— Est-ce que la personne qui vous l'a donné a mentionné quelque chose au sujet de sa provenance?

— Non.

— Où étiez-vous quand on vous l'a donné?

— Pardon, je ne suis pas certain de comprendre votre question.

— Je veux dire, est-ce qu'on vous l'a donné ici en Ontario ou dans un autre pays?

— C'était ici, en Ontario, juste au nord d'ici. Pourquoi? »

Elle ne m'a pas répondu tout de suite. Elle s'est tournée pour prendre un cartable de l'étagère derrière elle. L'ouvrant à peu près à mi-chemin, elle a feuilleté les pochettes en plastique jusqu'à ce qu'elle trouve ce qu'elle cherchait.

« Cela ressemble beaucoup à un Homme vert. Puis-je supposer que vous savez ce qu'est un Homme vert?

— J'en ai une idée, ai-je répondu, mais pourriez-vous simplement vous assurer que je ne me trompe pas complètement.

— D'accord! dit-elle, ses yeux s'éclairant alors qu'elle se penchait en avant pour me donner l'explication. L'Homme vert est typiquement un visage humain entouré de feuillage, et le feuillage est souvent montré sortant de la bouche, des oreilles, de l'homme. Il existe littéralement des centaines d'images de l'Homme vert partout en Europe, mais les plus connues et les mieux conservées se trouvent en Angleterre, en Allemagne et en France. Aujourd'hui, ils apparaissent presque toujours dans des églises, mais l'idée, le motif de base d'une tête feuillagée, remonte à loin et s'estompe dans les mythes anciens. »

J'ai hoché la tête pour lui faire savoir que je suivais, et elle m'a souri avant de continuer.

« Il y a beaucoup de spéculations sur l'origine du motif, mais c'est environ à partir du XIIe siècle que la piste devient plus claire. Je n'ai jamais vu une sculpture d'Homme vert aussi petite, mais vous pouvez le voir…, et là, elle a tourné son cartable afin que je puisse le voir à l'endroit, les exemplaires les plus proches de celui que vous avez se trouvent dans le Devon. »

Elle a fait une pause avant de poursuivre.

« Celui-ci m'intéresse particulièrement, continua-t-elle en désignant la tête en terre cuite posée sur la table entre nous, parce que je n'ai connaissance d'aucun exemplaire d'Homme vert apparaissant en Amérique du Nord. J'espère que vous pourrez me donner des détails sur la façon dont vous avez acquis celui-ci. »

Toute cette affaire semblerait si étrange à quelqu'un qui l'entendrait pour la première fois que je voulais éviter le risque d'une incrédulité manifeste. Dire quoi que ce soit à propos de M. Drumlin aurait probablement entraîné exactement cela.

« Je peux vous donner quelques détails, mais il n'y a vraiment pas grand-chose à dire. C'était… comme je l'ai dit, cela m'a été donné. C'est à peu près tout. Je n'ai eu aucune explication, aucun détail. Je n'ai pas compris qu'il m'avait été donné jusqu'à ce que je le trouve. Mais peut-être pourriez-vous me dire s'il existe un moyen de déterminer où cet exemplaire-ci a été produit? Est-ce qu'il aurait pu être fait ici? Est-ce qu'il aurait pu être fabriqué en Europe et apporté ici?

— Il est assez petit, il pourrait avoir été fabriqué n'importe où. Mais il n'y a pas deux argiles identiques. Il est possible que l'on puisse le retracer jusqu'à sa source d'argile, mais cela pourrait être un travail ardu. Une meilleure approche serait de le dater en utilisant le processus de réhydroxylation. S'il s'avérait vraiment vieux, et je veux dire entre 500 et 1 000 ans, alors nous pourrions conclure avec assurance qu'il a été fabriqué en Europe. Pourquoi voudriez-vous savoir où il a été fait?

— Juste par curiosité, en fait, dis-je. J'ai réfléchi un instant, puis j'ai changé de sujet. S'il y a autant d'Hommes verts, cela doit avoir été le symbole de quelque chose d'important à un moment donné.

— Oui, dit-elle en hochant la tête. Mais le mieux que nous pouvons offrir de nos jours est une spéculation basée sur un raisonnement. À une certaine époque, ça aurait pu représenter l'unité des gens et de la terre. Les esprits des arbres et le culte des arbres ont fait partie de la réalité humaine pendant longtemps, et cela pourrait y être relié. Les Hommes verts se trouvent principalement dans ou à proximité des églises, puisque ce sont des établissements qui ont survécu et qui ont préservé leurs bâtiments, les ornements. Leur présence près des églises pourrait indiquer qu'il s'agissait d'un élément païen parmi de nombreux autres adoptés par l'Église. Les Hommes verts ont été associés à toutes les étapes de la vie humaine, y compris celle de la mort. Alors peut-être que l'Homme vert était considéré comme une sorte d'esprit de la forêt qui accompagnait les gens tout au long de leur parcours de vie. Il y a beaucoup de spéculations, mais malheureusement peu de faits concrets. Il n'y a pratiquement aucune trace écrite concernant l'Homme vert.

— Si je comprends bien, il semble que vous n'ayez pas trop de doute sur le fait que ce personnage, et j'ai pointé vers le bureau, est bien un Homme vert.

— Permettez-moi de préciser ma pensée, dit-elle en rétropédalant avec précaution. Je n'ai jamais vu un Homme vert aussi petit et je n'ai jamais vu d'exemplaires d'Homme vert de ce côté-ci de l'Atlantique, donc je ne voudrais pas faire de déclarations définitives sans plus d'information. Et n'oublions pas que l'on ne peut jamais exclure une contrefaçon. D'un autre côté, il ressemble tellement aux Hommes verts du Devon que s'il ne s'agit pas d'un objet authentique, il semble très probable qu'il ait été inspiré par une figure existante d'Homme vert. »

Nous avons tous deux regardé à nouveau la silhouette pendant quelques instants. Il semblait qu'il n'y avait plus rien d'autre à ajouter.

« Eh bien, merci pour votre temps, professeure. C'était très instructif et utile.

— Pas du tout. Mais puis-je vous demander une faveur? »

D'un geste, je l'ai invité à poursuivre.

« Puis-je prendre quelques photos?

— Certainement, allez-y. »

Elle a saisi un trépied plié qui se trouvait dans un coin de son bureau pour le mettre près du bureau et y installer un appareil photo. Elle a mis une courte règle jaune à côté de la silhouette, puis a pris environ deux douzaines de photos, tournant la silhouette dans tous les angles et en photographiant les deux côtés.

Quelques minutes plus tard, j'étais sur le chemin du retour, déçu et ne sachant pas quoi penser.

J'avais appris quelque chose sur les Hommes verts, quoique peut-être pas spécifiquement sur mon exemplaire d'Homme vert, mais ces bribes d'informations nouvelles ne semblaient mener nulle part, n'ouvrir aucune nouvelle porte, ne jeter aucune lumière supplémentaire sur toute la situation particulière dans laquelle je me trouvais.

Neuf

Quelques jours plus tard, le temps était chaud et agréable, et j'étais allongé sur une chaise dans notre jardin. Le livre que j'essayais de lire gisait sur l'herbe à côté de la chaise longue et ma conscience était à la dérive. Des nuages de beau temps flottaient dans le ciel et j'étais tantôt réchauffé ou rafraîchi selon que le soleil brillait ou qu'un nuage passait.

Plusieurs choses occupaient mes pensées. J'avais raconté toute l'affaire à Marianne la veille et comme je m'y attendais, elle était perplexe. Nous avons discuté pendant près de deux heures. Elle avait de nombreuses questions. Ma réponse à la plupart d'entre elles était : « Honnêtement, je ne sais vraiment pas. »

« Qui est-il? m'a demandé Marianne.

— À part ce que je t'ai dit, je ne sais rien de plus. Il a toujours été là dans notre village quand j'étais jeune, et il semble qu'il soit encore là, ou peut-être quelqu'un qui lui ressemble beaucoup.

— Est-ce une sorte de blague, ou peut-être une arnaque?

— Je ne pense pas. Je ne trouve aucune raison de craindre que nous soyons sur le point d'être abusés, soumis à un chantage ou quoi que ce soit d'autre. Il n'y a jamais eu la moindre trace de menace ou de machination. Rien n'a jamais été exigé. S'il y avait eu la moindre indication de ce genre, j'aurais reculé immédiatement. »

Marianne n'était pas convaincue. Elle est restée longtemps à réfléchir et à regarder dans le vide.

« Qu'est-ce que tu vas faire?

— Eh bien, je n'ai pas l'intention de faire quoi que ce soit. Il n'y a rien à faire, d'après ce que je peux voir. »

Nous avons parlé un peu plus. Petit à petit, Marianne s'est détendue. Je pouvais très bien comprendre ce qu'elle ressentait. Toute l'affaire ne semblait tout simplement pas faire partie de ce monde. Et nous avons tendance à gérer ce genre de situation en les effaçant progressivement de notre conscience, par le déni.

Plusieurs autres projets s'étaient présentés, qui étaient maintenant complétés et hors de mes préoccupations. Mon fils m'avait apporté un exemplaire d'un livre plutôt sympathique rédigé par un historien local, décrivant les quelque 175 années de mon village natal, et la veille, j'avais passé près d'une heure à feuilleter ce livre. Il y avait les habituelles photos de la rue principale, des photos de l'école et des églises, des photos de la rivière, de quelques-unes des premières voitures, des photos en hiver, des photos des rues boueuses, des photos de chevaux et de chariots, des photos d'un groupe d'hommes à côté d'un gros cerf qu'ils avaient abattu, des photos de gens par groupe de deux ou trois devant le magasin général.

Les points à régler avant la prochaine réunion de la société historique locale germaient lentement aux confins de ma conscience. Nous avions largement le temps de nous y préparer, car elle aurait lieu dans 10 jours. Une image du visage d'Archie Caroll est apparue tranquillement devant moi. Il souriait et disait qu'il ne pourrait jamais être un orateur public. J'ai continué à dériver.

Je me suis rendu compte qu'un nuage s'était posé sur moi. Ce qui était étrange, car je pouvais sentir la chaleur du soleil rayonnant sur moi. Mon état mental, mon sentiment de déconnexion n'était pas celui de l'anxiété. Ce n'était pas non plus un pressentiment. C'était le sentiment de quelque chose d'inachevé et de quelque chose qui devrait être bientôt terminé. J'ai essayé de l'ignorer, mais ça ne voulait pas s'en aller.

Sans le vouloir, sans faire le moindre effort, je me suis souvenu des drapeaux et des banderoles le jour où je m'étais rendu en voiture chez M. Drumlin. Je me souvenais de son grand sourire charmant et de son vieux chapeau gris. Je me souvenais des bacs débordants de produits sains et colorés.

Je me suis souvenu des bacs vides.

Je me suis souvenu de l'odeur triste, abandonnée et vide du hangar.

Je pouvais sentir la rugosité de la main de M. Drumlin, c'était comme si, comme si…

Et puis je me suis soudainement rappelé que ni Henry ni Billy n'avaient jamais parlé d'aller chez M. Drumlin.

Et, tout aussi soudainement, il m'est venu à l'esprit qu'à aucun moment aucun d'eux n'avait mentionné l'invitation sur le tableau d'affichage du village.

Et puis, avec un véritable sursaut, je me suis souvenu d'une des images du livre d'histoire locale de notre village. La photo datait de 1856. Trois hommes, posant informellement, l'un d'eux…

Un puissant sentiment de « dans ce temps-là, à cet endroit » m'a envahi…

Les fruits et légumes gratuits…

Étais-je le seul enfant à…?

Le chapeau. Le chapeau gris. L'un des hommes portait ce chapeau. Un des hommes sur la photo. Ce n'est pas possible! L'homme au chapeau était…

Je me suis redressé brusquement sur la chaise longue. Je n'étais ni paniqué ni anxieux, mais un puissant sentiment d'urgence m'envahissait.

Est-ce possible? Comment? Moi? Comment puis-je?

Trois heures plus tard, j'étais toujours sur la chaise longue. Mais je ne dérivais plus, je ne flottais plus quelque part.

J'étais bien éveillé.

Un grand projet s'était présenté à moi. En fait, il ne s'était pas présenté, il avait impérieusement exigé une attention qui ne pouvait pas lui être refusée. Déjà, je notais ce dont j'aurais besoin, comment je m'y prendrais…

Il y aura peut-être des déplacements. Il y aurait énormément de lecture. Et il y avait beaucoup de gens à qui je devrais parler.

M. Drumlin…

Était-il venu dans notre village, y était resté toute une vie…?

Était-il ensuite resté à l'écart pendant des décennies, pour revenir…?

M. Drumlin, ou M. Green comme je me souvenais maintenant qu'il avait dit s'appeler véritablement, avait laissé une série d'indices.

Ces indices ne conduisaient qu'à une seule conclusion.

Il était mon Homme vert, il avait toujours été mon Homme vert.

Et j'étais désormais convaincu que je ne le reverrais plus jamais, pas de ce côté-ci de la mort.

Malgré cela, je devais le connaître. C'était cela mon projet.

Mais…

Non! L'envie rationnelle de considérer tout cela comme un rêve, quelque chose d'imaginé, est montée en moi. Je l'ai chassée sans hésiter.

M. Drumlin était réel. Je n'étais pas prêt à abandonner cela. Il m'avait laissé toute une série d'indices. Et ceux-ci n'étaient que ceux sur lesquels j'étais tombé par hasard. La conviction se formait rapidement en moi qu'il y aurait d'autres indices. Ils étaient là, quelque part, j'en étais maintenant convaincu. Ma tâche était de les trouver. Où me conduiraient-ils?

« Ne t'en fais pas! » me suis-je dit avec fermeté.

Je ne pourrais peut-être jamais le revoir en personne, ou peu importe comment je l'avais déjà rencontré…

Mais il était là…

Maintenant…

Quelque part…

Remerciement

Je remercie Maggie, ma défunte épouse qui fut ma caisse de résonance de tous les instants.